AF599495

Goraly

Zeineb T.

Goraly

Nouvelle

LE LYS BLEU
ÉDITIONS

ISBN : 979-10-422-1569-9

Ce ne sont pas ceux qui se portent bien qui ont besoin de médecin, mais les malades. Je ne suis pas venu appeler des justes...

Marc 2 : 17

Prologue

Depuis des temps immémoriaux existaient le Père de tous, Yum, et sa cour composée de ses fils, appelés les « premiers-nés ».

Yum, père aimant, voulut encore engendrer et se fit une descendance d'une tout autre nature : « les derniers-nés ».

Des rivalités éclatèrent entre les premiers-nés et les derniers et des factions se formèrent.

Le chef des premiers, Ervil, jura de décimer tous les derniers-nés.

Le Père-Créateur, peiné de voir ses enfants ainsi s'entre-déchirer, décida de créer un lieu où les derniers-nés seraient à l'abri.

Ainsi fut bâti le nouveau monde…

Ce monde et la nature même de ses habitants avaient tendance à créer l'oubli.

Ervil, la rancune tenace, se dissimula dans les plaisirs et les vices qui infiltrèrent ce monde. Il occupa les derniers-nés à la luxure et très rapidement, il prit le dessus sur ceux-ci qui oublièrent même qu'ils avaient un Père.

Yum décida d'intervenir et désigna des élus, les « Achirs », chargés du réveil des derniers-nés.

Cela va sans dire que Ervil voyait là des cibles particulières à son courroux.

Voici l'histoire de l'un d'entre eux…

Thusia

Thusia était une jeune femme timide, aussi belle dans l'âme que physiquement.

Elle avait toujours rêvé de fonder une famille avec de nombreux enfants.

Et un jour, elle rencontra Omeros…

Elle se souvenait encore de leur première vraie conversation :

« La vie que je mène ne m'a jamais laissé envisager le mariage, mais si je devais le faire, je crois que ce serait avec une femme comme vous, Thusia », lui avait-il confié dans un éclat de rire.

La jeune dame était l'assistante de Monsieur Omeros Bachir. Et il ne jurait que par elle.

Omeros fit chavirer le cœur de la belle Thusia et très vite, ils convolèrent en noces…

La vie maritale était loin d'être celle que la nouvelle épousée avait imaginée. Omeros n'était pas un mari avenant et les enfants tardaient à arriver.

« Heureusement que vous êtes belle, lui avait lancé un jour sa belle-mère, car vous ne serviriez pas à grand-chose sinon ! »

Évidemment, la jeune madame Bachir n'avait rien répondu et s'était enfermée dans la mélancolie.

Après quelques années, Thusia attendit enfin son premier enfant. C'était un fils, beau et en bonne santé.

Elle conçut un autre garçon peu après qui, hélas, mourut en bas âge.

Elle eut ensuite une fille qui décéda quelques jours après sa naissance…

Sa quatrième grossesse fut une grossesse maladive et anxiogène. Son mari batifolait régulièrement avec d'autres femmes depuis la naissance de leur premier enfant et elle savait que ce bébé à venir n'y changerait rien. La postérité du nom Bachir n'était-elle pas déjà assurée ?

Thusia perdait régulièrement du sang alors qu'elle était enceinte. L'enfantement semblait imminent tous les jours et la peur de perdre cet énième enfant grandissait avec l'avancement de la gestation.

Puis vint le grand jour.

C'était une soirée orageuse. Les mouvements du fœtus étaient faiblement perceptibles et Omeros était absent.

Thusia avait dû se rendre par ses propres moyens à la clinique.

L'accouchement fut particulièrement long et douloureux.

Sa fille présenta des signes de faiblesse respiratoire à la naissance et Thusia n'avait pas pu la prendre dans ses bras.

Les médecins s'étaient éloignés avec son bébé.

Elle remarqua que l'orage avait cessé et qu'un arc-en-ciel habillait le ciel.

Elle pensa : « Un peu de beauté au milieu du tumulte ».

Son bébé lui fut remis quelques heures plus tard. Il n'était pas très beau et il avait déjà, dans les yeux, quelque chose d'au-delà les âges. Elle l'appela Goraly.

Le retour à la maison se passa sans encombre.

La jeune maman reprit ses habitudes et commença même à apprécier sa vie.

La vie fut agréable durant un certain temps. Le bonheur d'être mère avait détourné, un instant, l'attention de Thusia de l'état de santé de ses enfants qui étaient, tous, régulièrement malades et assez gravement.

La maisonnée entière était sujette aux cauchemars.

Goraly était celle qui souffrait le plus.

On aurait dit que le sort en avait après elle.

Elle était souvent victime d'accidents et avait inquiété ses parents à de nombreuses reprises.

La fillette parlait parfois étrangement et voyait des choses qu'elle seule pouvait voir.

Goraly avait même réussi à faire peur à sa mère une nuit :

— Maman, on frappe à la porte, avait-elle dit.

— Mais non, il n'y a personne, avait rétorqué Thusia après avoir vérifié.

— Mais si maman…

— Non, je te le dis. Rendors-toi !

— Tu vois, tu ne m'as pas écoutée et maintenant ils sont là et ils nous observent !

Bien évidemment, la mère de Thusia ne vit et n'entendit rien ce jour-là.

Petit à petit, l'atmosphère se dégrada à la maison. La discorde s'installa et Thusia accusait Oméros de tous leurs maux. La mère de famille croyait parfois perdre l'esprit et se demandait si sa fille n'était pas maudite.

Un homme étrange lui apparut un jour, alors qu'elle était seule. Il se présenta sous le nom d'Ervil et en voulait à la vie de Goraly. « L'enfant maudit en échange de ta vie sauve », avait-il dit.

Thusia se souvint des légendes des anciens et se rappela qui était Ervil.

Elle refusa.

L'homme étrange revint souvent, toujours plus menaçant. Thusia résista un temps.

Mais la situation familiale se dégradait de plus en plus et sa dernière-née fut victime d'un grave accident. Elle crut la perdre.

La peur envahit alors Madame Bachir, à bout de force.

Elle appela Ervil de son propre chef et lui offrit sa vie pour sauver celle de sa famille.

Il lui fit jurer de ne jamais parler des histoires des anciens à sa progéniture.

Par cette promesse, un voile opaque tomba sur les enfants Bachir pour tout ce qui concernait les anciens.

Un pacte était ainsi scellé.

Thusia mourut quelques mois plus tard à la suite d'une longue et douloureuse maladie.

Omeros ne tarda pas à se remarier et la nouvelle maman fut moins patiente à l'égard de Goraly.

Omeros Bachir

Omeros était un bel homme, brillant et talentueux.

Il était de noble ascendance, mais n'avait pas grandi dans l'opulence.

Ambitieux et travailleur, il s'était construit tout seul.

Il était l'homme le plus en vue de sa ville et il en profitait bien avec les femmes.

Issu d'une longue lignée de gardiens de l'histoire des anciens, il savait ce qu'était un élu ou Achir, et ce que cela impliquait pour ces enfants et leurs familles.

Il préférait occuper son temps libre à des choses plus légères.

Cependant, contre toute attente, il fit la rencontre de la merveilleuse Thusia qui allait bousculer son monde.

Très vite, il voulut l'épouser et il se dit qu'avec un peu de « chance », il ne lui ferait pas d'enfant et qu'ils pourraient vivre une lune de miel éternelle…

Il ignorait alors la détermination des deux femmes de sa vie !

Assez rapidement, il ressentit la pression de procréer.

Il voulait que sa femme soit heureuse et il la rendit heureuse.

Mais il lui en voulut pour cela.

Omeros se prit de nostalgie pour son ancienne vie, sans conséquences, qui devint alors une échappatoire pour lui.

Il aimait néanmoins sa femme et ses enfants, mais ceux-ci lui rappelaient la prophétie de l'élu.

Et il savait que cela engendrerait de la souffrance.

Puis sa femme bien-aimée perdit la vie et son monde s'écroula. Il se sentit incapable de continuer seul.

Bientôt, il fallut une nouvelle épouse à Omeros.

Une fois remarié, il sembla se détourner complètement de sa famille.

L'enfance de Goraly

Goraly était une enfant maladive.

Dès la naissance, elle avait des problèmes respiratoires et elle avait passé les premiers mois de sa vie régulièrement en hospice.

La fillette se blessait souvent et ses plaies mettaient du temps à guérir, s'infectant…

Aussi loin qu'elle pouvait s'en souvenir, Goraly souffrait de douleurs dans tout le corps, capables de la maintenir au lit pendant des jours.

Les analyses des médecins n'avaient jamais trouvé la raison de ces douleurs.

L'enfance de Goraly fut marquée par une ribambelle d'accidents. Comme si le sort s'acharnait contre elle et voulait la faire périr.

Elle n'avait pas encore cinq ans quand sa première expérience à vélo lui avait valu de boiter pendant des semaines après une chute.

Monsieur Bachir, pour faire plaisir à ses enfants, leur avait offert une biche. Et pour une raison inconnue, l'animal était devenu soudainement agressif à la vue de Goraly et lui avait assené des coups de sabot !

Un jour alors qu'elle jouait devant la maison, un véhicule avait déboulé de nulle part et l'avait violemment percutée. Le conducteur, apeuré, s'était enfui, la laissant pour morte…

Goraly ne se rappelait ni de l'impact ni de la douleur, mais elle se souvenait qu'elle avait été déplacée par une « lumière éblouissante », du lieu où elle avait été projetée, pour être posée plus près de sa maison.

Elle entraperçut sa mère qui accourait, totalement affolée :

— Mon enfant, mon enfant… c'est bon, vous avez gagné, criait-elle.

— Appelez une ambulance ! avait lancé quelqu'un.

— Ne la touchez pas ! avait dit une autre voix.

Et Goraly perdit connaissance.

Malgré la gravité de son accident, elle n'avait eu que peu de cicatrices et aucune séquelle grave. Bientôt, Goraly put rentrer à la maison.

Durant les semaines qui suivirent son retour, elle vécut des mésaventures à chaque fois qu'elle sortait de la maison.

Ainsi elle avait été renversée par un homme à vélo et sa tête avait violemment heurté le trottoir en tombant.

Elle avait reçu un ballot sur la tête, alors qu'elle observait les voisins qui déménageaient.

Un éclat de branche faillit l'éborgner alors que le jardinier taillait les arbustes du jardin…

Et puis, Thusia, sa mère, tomba malade.

Nul ne savait la cause de son mal.

Elle souffrait visiblement et Goraly pouvait voir l'état de sa mère se détériorer.

Sa maman avait perdu beaucoup de poids, elle était très affaiblie et ne sortait plus de son lit.

Un jour alors que Thusia parlait à sa sœur, elle lui dit :

— Veux-tu bien ouvrir les volets, ma chérie, il fait si sombre.

— Tout est ouvert, il est midi passé et il fait beau, lui répondit la tante de Goraly.

Thusia Bachir se mit à pleurer, prise de panique.

C'est ainsi que la mère de Goraly devint aveugle, un peu avant de rendre l'âme.

La belle-mère arriva peu de temps après.

Elle avait beaucoup de connaissances sur les histoires des anciens et parlait d'un Père, Yum, que l'on pouvait invoquer et qui accourait. Mais le père de Goraly n'aimait pas ses histoires. Elle fut donc priée de les garder pour elle.

Goraly avait essayé, en cachette, de parler à ce Yum. Elle lui demanda si la vie de sa famille était la vie qu'un père aurait voulue pour ses enfants ?

Mais elle n'eut pas de réponse. Il semblait absent.

La fillette remarqua que les accidents avaient cessé.

Mais, assez vite, sa peau commença à se recouvrir de cloques purulentes ; qui dégageaient une odeur nauséabonde.

Aussi personne ne voulait s'approcher d'elle.

Après les cloques, sa peau se mit à muer comme celle d'un serpent. En plus de l'allure repoussante que cela engendra, Goraly perdait des bouts de peau un peu partout : dans son lit, dans la salle de bain, dans les fauteuils… Mais le pire moment avait été quand sa peau mua à table, avec les autres !

Les exclamations de dégoût fusèrent et plus personne ne voulut manger avec elle.

À la suite de son exuviation, elle fut couverte de démangeaison à en perdre le sommeil. On l'appela « la galeuse »…

Ses mains et ses pieds gonflèrent ensuite, la faisant souffrir, et se parsemèrent d'ulcères.

Goraly n'était qu'une enfant, mais elle se demandait déjà pourquoi elle était « là » ?

Les maladies de peau se succédaient et aucun recours ne semblait réellement faire effet. Sa belle-mère entendit parler d'une vieille sorcière qui faisait des antidotes…

Le remède de la devineresse fonctionna, mais la nouvelle épouse de monsieur Bachir fut convaincue que sa belle-fille était elle-même une sorcière et la traita comme tel.

Les maladies de peau de Goraly cessèrent à l'orée de la puberté. Mais elle était toujours considérée comme une répugnante petite sorcière et laissée en retrait.

Sans ses problèmes de peau, Goraly était une fort belle adolescente.

Malheureusement pour elle, cela lui attira les fougues des prédateurs !

Les employés masculins de la maison abusèrent successivement d'elle.

Il y avait le premier… Le jardinier.

Il paraissait très gentil au début et avait toujours une découverte extraordinaire dans la nature à lui montrer.

Puis un jour, la découverte ne pouvait être vue que dans l'obscurité :

« Ce soir, à la tombée de la nuit, viens seule à l'arrière de la cuisine, je vais te montrer ce que j'ai trouvé », lui avait-il dit d'un air enthousiaste alors qu'ils arrosaient les ancolies du jardin.

Mais Goraly oublia leur rendez-vous ce soir-là et l'homme se mit en colère.

Il lui expliqua que la surprise était éphémère et qu'elle devait venir la voir au plus vite.

Ainsi la petite adolescente échappa à la vigilance de sa famille et s'éclipsa dans le jardin.

L'homme arriva derrière elle et lui demanda de lui tendre la main sans se retourner.

Elle s'exécuta.

Il lui glissa quelque chose dans la main. Et lui demanda de ne pas bouger.

Il sembla à l'enfant que c'était une partie de son corps, mais elle n'arrivait pas à l'identifier.

C'était plus gros qu'un doigt, mais plus petit qu'un poignet.

C'était chaud et lisse.

Elle sentait le membre faire des « va-et-vient » dans sa paume.

Le bipède haletait.

L'atmosphère était malfaisante, lourde d'angoisse et d'insanité…

Goraly avait peur et se sentait comme flétrir…

Puis elle eut la main souillée et poisseuse.

Le jardinier s'empressa de la lui essuyer avant de lui ordonner de rentrer sans se retourner.

Elle s'exécuta et rentra chez elle sans jamais le dire à personne. Le souvenir étant associé à une honte et une tristesse profondes.

Elle se mit à éviter l'homme qui semblait provoquer les rencontres dès qu'elle se retrouvait seule.

Il passait bien trop près d'elle, le souffle rauque, se frottant contre ses fesses…

Un jour, la famille de Goraly déménagea et il eut d'autres employés mâles à la maison.

Ils avaient tous cette même obsession pour l'adolescente. Certains allant jusqu'à frotter leurs parties génitales contre les siennes et à lui glisser des doigts entre les cuisses…

Goraly se sentait souillée et humiliée à chaque fois, mais elle se disait que les rapports humains étaient de cette façon.

Ainsi elle vécut des années de calvaire en silence.

Höl-Elott

Les relations entre sa belle-mère et Goraly ne s'amélioraient pas avec le temps.

Aussi, à l'approche de sa dix-septième année, Omeros décida d'envoyer sa fille en pension, loin de la maison.

Goraly arriva à Höl-Elott un jour de grande pluie.

Des cordes s'abattaient sur les murs austères de la bâtisse.

Le ciel était sombre et les alentours étaient déserts…

Une dame à l'air sévère vint accueillir Goraly et son père.

Après les salutations d'usage, Omeros embrassa la jeune fille et s'en alla sans fioritures.

L'on fit visiter les lieux à la nouvelle venue et on l'accompagna à sa chambre.

Une fois, la porte refermée, Goraly se sentit encore plus seule que de coutume.

Elle se réconforta en se disant que là, dans ces lieux, loin de tous, elle serait au moins à l'abri.

Elle envisageait de se reconstruire et peut-être même d'établir un lien avec Yum, le père de tous, dont sa belle-mère lui avait parlé étant enfant.

Les premiers jours à Höl-Elott passèrent assez vite.

L'immense pension était le lieu idéal pour se fondre dans la masse pour qui voulait.

Goraly remarqua néanmoins l'occupante de la chambre voisine.

C'était une jolie jeune femme à l'air sympathique qui lui souriait à chaque fois qu'elles se croisaient.

La jeune mademoiselle Bachir essayait régulièrement de s'adresser à Yum quand elle était seule dans sa chambre. Mais il lui semblait si loin…

Parfois quand elle insistait, elle sentait l'atmosphère devenir oppressante et elle prenait peur.

De plus, les journées qui suivaient ses essais semblaient catastrophiques.

Peu à peu, elle finit par se convaincre que personne ne voulait vraiment d'elle ; y compris le Père de tous les êtres.

Elle ignorait que la dernière promesse de sa défunte mère avait entraîné chez elle et sa fratrie, une sorte d'aveuglement vis-à-vis de l'histoire des anciens et ainsi de Yum et des choses de l'autre monde.

Goraly devenait peu à peu l'ombre d'elle-même et s'enfonçait dans la solitude et la tristesse.

Elle ne remarquait même plus les sourires compatissants de sa voisine de palier…

Elles étaient dans le réfectoire quand celle-ci s'approcha de Goraly.

— Je suis Imouna, se présenta-t-elle d'un ton chaleureux.

— Oh… répondit Goraly, absente.

— Je crois que nous nous croisons presque tous les jours, mais nous ne nous sommes jamais présentées.

— Pardon, je m'appelle Goraly. Ravie de te rencontrer.

— Tu me sembles bien solitaire… lui dit-elle, songeuse. J'organise ce soir une petite soirée dans « mes appartements » avec quelques habituées. Tu devrais venir, continua Imouna d'un ton encourageant.

— Euh… je… enfin…

— Je sais bien que tu n'as rien d'autre de prévu, l'interrompit la jeune femme en esquissant un clin d'œil. Je serais ravie que tu viennes !

C'était bien la première fois que quelqu'un invitait Goraly et se disait ravi de passer du temps avec elle.

Elle accepta l'invitation.

— J'oubliais, c'est une soirée, comment dire… Disons que les surveillantes ne seraient pas très enchantées de l'apprendre, ajouta Imouna dans un éclat de rire.

Dix-huit heures, ne sois pas en retard ! lança-t-elle avant de s'éloigner.

Goraly arriva à l'heure à la soirée.

Toutes les invitées semblaient déjà être présentes.

La jeune fille balaya la chambre du regard. Il y avait cinq-six filles. Non, il y avait cinq filles et un homme sans âge, assis au milieu d'elles.

Un homme ? Mais que faisait-il là, dans un pensionnat de filles ?

La pièce était décorée avec goût et toutes les filles présentes étaient belles et apprêtées. Elles semblaient être issues d'univers différents, mais elles avaient en commun cette amabilité et cette jovialité…

Goraly apprit au cours de la soirée que la famille de Imouna faisait partie des bienfaiteurs du pensionnat Höl-Elott ; aussi arrivait-elle à obtenir quelques privilèges.

Vily, le jeune homme, était le cousin de Imouna.

Les pensionnaires avaient le droit de recevoir des visites de leurs familles une fois par mois et jusqu'à dix-huit heures trente, mais sûrement pas la gent masculine dans les chambres !

Imouna semblait s'accorder quelques droits en plus. Et Goraly admirait cela.

Imouna paraissait être une jeune femme à l'esprit libre qui prônait des idéaux révolutionnaires.

Vily ne tarda pas, au grand dam de ces demoiselles.

Il semblait chaleureux et avenant en plus d'être agréable à regarder.

Goraly passait une bonne soirée.

Puis il fut bientôt neuf heures du soir, heure à laquelle chacune devait rejoindre sa chambre.

Imouna proposa à Goraly de rester un peu plus, sa chambre n'étant pas loin.

— As-tu déjà bu de l'alcool ? lui demanda-t-elle quand elles furent seules.

— J'ai dû en goûter quelques fois au repas de fêtes avec ma famille… répondit vaguement Goraly.

Imouna leur sortit deux verres et une bouteille de liqueur de son placard.

— Petit cadeau de mon cousin, dit-elle dans un rire malicieux.

Et les deux jeunes filles trinquèrent en gloussant. C'était un peu fort en goût, mais l'on s'y habituait vite.

Imouna plongea son regard perçant dans celui de Goraly et lui dit doucement :

— Je sais ce que tu as subi. Je le lis sur ton corps. Je l'ai vécu aussi ; ces mâles vils et écœurants !

Goraly sentit la voix d'Imouna vibrer de colère.

Elle éclata en sanglots.

Imouna la prit dans ses bras.

— Ne pleure plus, lui chuchota-t-elle. Je suis là maintenant. Je t'apprendrai à être forte et ils se plieront tous à tes désirs !

Goraly se sentit rassurée. Enfin quelqu'un qui la voyait telle qu'elle était et l'acceptait.

Elle arrêta de pleurer. Puis le ton redevint léger. Elles firent plus ample connaissance.

Imouna avait beaucoup d'humour et savait dédramatiser les choses. Goraly ne se souvenait plus de la dernière fois où elle avait autant ri et de façon sincère.

Et c'est même avec un petit pincement au cœur qu'elle dut regagner sa chambre.

Ce jour-là, elle passa la meilleure nuit de sa vie jusque-là.

Les jours qui suivirent furent empreints de légèreté pour Goraly. Elle avait trouvé une amie en Imouna et découvrait en elle à chaque fois de nouvelles qualités.

Les deux jeunes femmes se voyaient tous les jours et étaient devenues inséparables.

Goraly était radieuse. Elle avait appris la résilience et son caractère s'affirmait.

Tout semblait lui sourire. Elle était heureuse.

Sa fratrie vint lui rendre visite avec son père, Omeros.

Ils la trouvaient changée et tous semblaient à présent véritablement apprécier sa présence.

Son père s'était néanmoins inquiété de son amitié avec Imouna dont il n'appréciait pas les manières excentriques.

Au dix-huitième anniversaire de sa fille, monsieur Bachir raconta à Goraly les circonstances de la mort de sa mère.

Thusia avait tout avoué à son époux sur son lit de mort et ce dernier lui en avait longtemps voulu pour sa naïveté et pour lui avoir brisé le cœur.

« Que ta mère ne se soit pas sacrifiée pour rien », avait-il conclu.

Cela déclencha la colère de Goraly envers son géniteur qu'elle accusa de ne pas vouloir la voir heureuse.

Elle ne voulait plus le revoir. Mais il revenait sans cesse… Elle commençait à ne plus le supporter.

Initiations

Imouna organisait régulièrement ses soirées privées.

Goraly avait souvent l'impression que la soirée avait commencé bien avant l'heure indiquée.

Vily était parfois là.

Goraly et lui semblaient se rapprocher.

Elle aimait quand il l'effleurait en parlant ou quand elle sentait son doux souffle dans son cou quand Vily lui chuchotait à l'oreille au milieu du brouhaha ambiant.

La jeune fille restait à chaque fois la dernière avec Imouna et elles trinquaient toutes les deux, comme un rituel bien à elle.

Ce soir-là, elles avaient bu un peu plus que d'habitude.

Alors qu'elles parlaient, affalées sur le lit, Imouna s'était approchée de Goraly.

Elle lui avait gentiment caressé le visage en lui souriant, les yeux dans les yeux, puis elle l'avait embrassée doucement sur les lèvres.

Goraly ne l'avait pas repoussée.

Le baiser se fit plus langoureux, les baisers devinrent caresses… et elles firent l'amour.

Goraly apprécia et cela se reproduisit régulièrement.

À la suite d'une autre de ces sauteries, Imouna invita Goraly à consommer des opiacés avec elle et Vily qui n'était pas rentré comme à son accoutumée.

Imouna se mit à caresser Goraly et lui demanda si elle voulait que Vily se joigne à elles.

Goraly accepta.

Ainsi se succédèrent les soirées, dont les fins avaient de moins en moins de limites…

Une fois, Vily avait ramené un ami, d'autres fois, quelques filles s'étaient jointes à elles, avec et sans Vily et son ami.

Goraly n'en était pas dérangée. Elle se sentait libre, elle se sentait maîtresse de sa vie et de son corps…

Un jour, alors qu'elles n'étaient que toutes les deux, Goraly raconta à Imouna comment sa mère avait perdu la vie. Elle se sentit en colère et révoltée d'avoir été impuissante à tous ses malheurs depuis l'enfance.

— J’ai peut-être une solution contre les « Ervil » dans ta vie, avait répondu Imouna d’un ton grave.

— Dis-moi ma douce Imouna, je ne veux plus subir de ma vie !

— Nous avons un club de femmes, poursuivit Imouna. Nous nous réunissons un peu avant les soirées que tu connais. Vily est un peu notre guide…

J’étais comme toi, perdue et meurtrie, continua-t-elle, le regard lointain… Il m’a remise d’aplomb et m’a appris à prendre ce que je désire.

J’étais la première. Puis les autres sont arrivées petit à petit.

— Et que faites-vous lors de ces rencontres ? demanda Goraly.

— Vily nous apprend à utiliser certaines forces et certains principes anciens qui, une fois maîtrisés, nous rendront maîtresses de nos vies et de nos destinées. Et tous se plieront à nos désirs…

— Est-ce en rapport avec l’histoire des anciens ? lui avait demandé naïvement Goraly.

— Oui, ça l’est. Mais ces pratiques doivent rester totalement secrètes. Il ne faudra jamais les dévoiler sous aucun prétexte. Même pas à ton père !

Goraly accepta.

Ainsi la jeune fille entra dans la confrérie avec Vily pour chef. On lui apprit des formules pour obtenir tout ce qu'elle désirait. Et elle se sentit puissante un temps.

Petit à petit, elle se rendit compte qu'elle n'était pas aussi libre qu'elle le pensait.

Vily donnait beaucoup de directives et celles qui désobéissaient se retrouvaient battues par des entités invisibles.

Certaines avaient eu la sensation de membres brisés, mais rien n'était jamais visible par les médecins.

Il leur fallait paraître aimables, joviales et apprêtées en toutes circonstances.

Elles avaient pour mission d'emmener leur entourage à la luxure.

Certaines personnes, telles que Goraly elle-même, devaient être absolument recrutées.

La procédure était la même à chaque fois ; déceler la blessure profonde de la recrue et lui proposer du réconfort.

Les membres avaient toutes des breuvages ou des friandises sur lesquels avaient été récitées des paroles incantatoires.

Ainsi la consommation de ces mets faisait paraître la réalité sublimée et la notion de mal disparaissait.

Goraly se rendit compte qu'elle avait été piégée, mais il lui semblait déjà trop tard pour s'en sortir.

Achir, tu es !

Il y avait, en ville chaque année, la fête de la nouvelle saison qui marquait aussi la sortie annuelle de toutes les filles de Höl-Elott.

Goraly était avec son groupe sur la place du marché. Elle regardait un des musiciens quand elle aperçut dans la foule, une dame âgée qui semblait la fixer du regard.

Il lui parut même par moment que la femme la suivait.

Tout à coup, au détour d'une ruelle, sans qu'elle la vît arriver, la vieille dame agrippa le bras de Goraly. Elle lui jeta un liquide gras à la figure, lui mit la main sur le visage et cria :

« Achir tu es, à Yum tu appartiens. Réveille-toi ! »

Puis elle ajouta, « Souviens-toi, mon enfant, invoque-le et dis-lui que tu le désires. »

Puis la femme s'évanouit dans la foule. Goraly crut apercevoir son père, observant la scène de loin.

À son retour à la pension, Goraly eut une forte envie de crier à Yum dans sa chambre : « Je suis à toi, me voici. Je te veux dans ma vie ».

À l'instant où elle l'eut dit, elle sentit comme un voile se lever devant ses yeux ; tout s'éclaircissait. Sa vie allait prendre une tout autre tournure.

Yum avait toujours été et était toujours là.

C'était elle qui avait été aveugle toutes ces années. Sa mère, tout comme elle-même, avait été bernée.

Goraly voyait Yum, le Père de tout.

Elle l'entendait, le ressentait ; en elle, autour d'elle, en toutes choses…

Des larmes l'envahirent. Elle se sentit en paix pour la première fois de sa vie et véritablement libre.

Tout semblait plus que réel, comme si elle avait dormi toutes ces années et se réveillait juste.

Elle « voyait ».

Les jours qui suivirent, elle se mit à éviter Imouna et les autres membres de son club.

Elle ressentait de la peine et de la compassion pour ces filles et voulait leur dire qu'il y avait autre chose, de tellement merveilleux ! Mais elle craignait Vily.

Puis elle se demanda de quel nom Vily aurait bien pu être le diminutif ? Et tout s'éclaircit tout à coup : Ervil !

Goraly se demanda depuis quand Ervil avait été dans sa vie.

Elle se souvint du nom du conducteur du véhicule qui faillit la tuer alors qu'elle était enfant : « Vilèr ».

Puis elle se rappela ces hommes aux membres abjectes dans son adolescence : « Révil », « Lévir »… que des anagrammes du même nom : Ervil.

Ce dernier l'avait persécutée toute son existence !

Il avait attenté à sa vie à plusieurs reprises, lui avait pris sa mère, s'était assuré qu'elle eut une vie des plus horribles avant de l'asservir !

Elle sentit la colère s'emparer d'elle, elle hurla de rage avant de s'effondrer en larmes.

Goraly entendit alors cette douce voix, unique parmi toutes, la voix de Yum :

— Tu comprends tout maintenant… Ne pleure pas mon enfant. Ervil a utilisé tout son pouvoir dans le but de te nuire, mais il n'y est pas arrivé. Tu as survécu. Et te voilà, plus forte que jamais, prête à le combattre. D'autres comme toi sont en chemin, mon armée se lève. Vous devrez déjouer les pièges d'Ervil et réveiller le plus grand nombre. Portez-leur mon message : « Au-delà du voile, leur père les attend, dans l'Éternité ». Ne crains rien, je suis toujours avec toi et ma force sera ta force. Maintenant, debout !

Goraly se redressa, remplie d'une force nouvelle.

C'est alors que sans crier gare, Vily apparut dans sa chambre.

— Ervil, dit-elle en sursautant.

— Oui, je suis Ervil ! cria-t-il.

Espèce d'idiote, n'avais-tu pas compris ? Tu es mon esclave, que crois-tu ? Tu es à moi.

Il fulminait de rage.

Il leva la main comme elle avait pu le voir faire quelquefois et elle s'attendit à sentir ses os se briser. Aussi s'exclama-t-elle :

— Yum, mon père, viens à mon secours !

Ervil fut alors projeté dans les airs et il disparut dans un nuage de fumée opaque, rempli de haine et de colère.

Goraly savait désormais que ses souffrances n'étaient pas sans raison et qu'elle avait une mission. Elle savait aussi que nombreuses étaient les personnes en dormance comme elle auparavant. Et elle se devait de les aider à se réveiller !

Pour l'heure, il lui fallait se préparer. Elle devait rejoindre son père.

Omeros Bachir arriva le lendemain à Höl-Elott.

Sa fille l'attendait.

— Goraly Bachir, lui dit-il, te voilà réveillée ! J'ai quelque chose pour toi.

Il s'agissait d'une sorte de bout de parchemin avec des inscriptions dans une langue qu'elle ne connaissait pas. Il le lui enroula autour du bras et celui-ci fusionna à sa chair.

C'est ton épée, celle du Achir, ajouta-t-il.

Ma famille veille sur elle depuis des générations, attendant ton arrivée.

D'après l'histoire des anciens, ce sont les mots de Yum lui-même ; la seule arme capable de vaincre Ervil.

Omeros marqua un temps de pause, puis il poursuivit :

— Si j'avais su plus tôt, que ma propre fille était le Achir. J'aurais été plus vigilant. Je te demande pardon, Goraly.

Viens, maintenant, il te faut apprendre à manier ton épée. Un long chemin nous attend !

Postface

Le mot de l'auteure

J'ai préféré une postface, car je ne voulais pas influencer votre première lecture.

Goraly est avant tout, un message que je voulais passer : celui d'un amour universel à travers le personnage de Yum. Il est disponible pour tous, sans condition de mérite. Il suffit de le désirer et de le rechercher.

J'ai pris plaisir à trouver des noms issus d'autres langues pour donner plus de corps aux personnages tout comme à utiliser le langage des fleurs à travers la scène où Goraly arrose des ancolies…

Ces fleurs symbolisent la tristesse, la solitude, la folie… J'ai voulu présenter la scène comme une métaphore annonciatrice des peines à venir.

Les adeptes de mysticisme pourront, quant à eux, déceler dans l'œuvre, le témoignage d'une spiritualité plus profonde.

Et le tout dans un style fantasy !

J'espère que vous aurez pris autant plaisir à le lire que moi à l'écrire.

Explication et origines des noms dans l'ouvrage

Inspirés de la langue hébraïque :

– **Goraly** de « Goral » = destinée.

– **Imouna** de « Émounn » = confiance (pour moi, c'est une qualité qui représente bien l'amitié).

– **Höl-Elott** de « Holelott » = débauche.

Mot et inspiration du grec :

– **Thusia** = sacrifice.

– **Omeros** de « Hómēros » = celui qui doit suivre, voire « gage » dans certaines traductions.

Mots et inspiration d'autres langues :

– **Yum** de la langue maya = seigneur.

– **Bachir** de l'arabe = celui qui annonce une bonne nouvelle.

– **Ervil** du mot « evil » en anglais = le mal.

Sources :

context.reverso.net, www.cairn.info, wikipedia, google site, enfant.com, google traduction, hal.science.

Table des matières

Thusia 11
Omeros Bachir..16
L'enfance de Goraly 18
Höl-Elott...26
Initiations...34
Achir, tu es ! 38

Imprimé en Allemagne
Achevé d'imprimer en décembre 2023
Dépôt légal : décembre 2023

Pour

Le Lys Bleu Éditions
40, rue du Louvre
75001 Paris

LE LYS BLEU
ÉDITIONS

www.ingramcontent.com/pod-product-compliance
Lightning Source LLC
Chambersburg PA
CBHW062348010826
49168CB00024B/317

* 9 7 9 1 0 4 2 2 1 5 6 9 9 *